PUBLICATIONS MENSUELLES DE L'IDÉE LIBRE — Numéro







HAN RYNER

# LES ESCLAVES

Drame Philosophique en Un Acte

PRIX : UN FRANC

EDITIONS DE *L'IDÉE LIBRE*
Conflans-Honorine (Seine-et-Oise)

1925

# LES ESCLAVES

PUBLICATIONS MENSUELLES DE *L'IDÉE LIBRE* — Numéro 111

HAN RYNER

# LES ESCLAVES



Drame Philosophique en Un Acte

EDITIONS DE *L'IDÉE LIBRE*
Conflans-Honorine (Seine-et-Oise)

1925

# LES ESCLAVES

## PERSONNAGES :

EUDOXE, *le maître.*
STALAGMUS, *vieil esclave.*
TYNDARE, *vieil esclave.*
GÉTA, *jeune esclave.*
PALINURUS, *esclave.*
AGNÈS, *jeune esclave chrétienne.*
SOSTRATA, *esclave.*
*Autres esclaves de tout âge et des deux sexes.*

## SCÈNE PREMIÈRE

LES ESCLAVES. — *Ils se tiennent dans des poses diverses, debout, étendus sur le sol, assis sur des escabeaux.*

TYNDARE. — Qu'est-ce que j'avais fait, je te le demande, pour mériter le fouet?

GÉTA. — Hier, j'avais fait moins encore et j'ai reçu des coups plus nombreux.

STALAGMUS. — Oh ! toi, c'est trop facile à comprendre.

GÉTA. — Puisque tu sais tout, Stalagmus, même l'avenir, explique-moi ce passé récent.

STALAGMUS. — Rien n'est plus simple. Tu es trop beau. Elle te hait parce qu'elle t'aime.

PALINURUS. — Tu parles follement. La haine est le contraire de l'amour.

STALAGMUS. — L'ombre, contraire de la lumière, est pourtant fille de la lumière.

PALINURUS. — Que dis-tu?

STALAGMUS. — Mets un corps devant la lumière, tu fais de l'ombre. Mets un obstacle devant l'amour, tu fais de la haine.

PALINURUS (*haussant les épaules*). — Tu dis des paroles vides.

GÉTA. — Non. Stalagmus a raison. Je le sais. Je le vois. Je le sens. Ce qui s'agite en mon cœur me dit ce qui s'agite au cœur d'Emilia.

TYNDARE. — Orgueilleux! Tu te crois aimé de celle qu'aime le maître.

GÉTA (*découvrant son torse*). — Le maître est-il aussi beau que moi?

TYNDARE. — Il est le maître.

GÉTA. — Le maître, dis-tu?... A cause de sa laideur, à cause de la faiblesse de son corps et de son âme, n'est-il pas plutôt l'esclave d'Emilia? Mais il faudrait peu de chose pour qu'Emilia devînt l'esclave de ma force et de ma beauté.

TYNDARE. — En attendant, elle te fait donner le fouet.

GÉTA. — Oui. Mais un jour — demain peut-être! — elle ne résistera plus à son désir. Sous mon baiser, je la verrai s'agiter d'abord comme sous le baiser d'un dieu, ensuite comme sous le baiser de la mort.

TYNDARE. — Tu parles trop haut... S'il y avait parmi nous un délateur...

VOIX DIVERSES. — Il n'y en a pas. Parle sans crainte.

PALINURUS. — Nous détestons tous Emilia.

TYNDARE. — Tu vois que Géta est amoureux d'elle.

STALAGMUS. — L'un n'empêche pas l'autre.

GÉTA (*répétant d'une voix profonde*). — L'un n'empêche pas l'autre.

PALINURUS (*interrogateur*). — L'un n'empêche pas l'autre?

STALAGMUS. — N'y a-t-il pas de l'amour dans la haine de tous les jeunes hommes qui sont ici? Et, dans la haine des vieillards, il y a de l'admiration et du regret. Et, dans la haine des femmes, il y a de la jalousie.

SOSTRATA. — Oui, je hais Emilia et je suis jalouse d'Emilia. Si Jupiter me demandait : « Qui veux-tu être? » Je répondrais « Emilia ! » Car elle est une déesse parmi nous. Son sourire est beau et effrayant, comme l'aurore d'un jour néfaste. Sa main, aussi délicate que celle d'un enfant et plus terrible que celle d'un guerrier, fait courber mille têtes. Elle a la plus enivrante des puissances, celle que donne la beauté.

TYNDARE. — Je hais Emilia de toute ma bassesse d'esclave et de tous mes impuissants regrets de vieillard. Mais, qu'il me soit donné de devenir pour un jour jeune, beau et riche, j'offrirais à Emilia ma jeunesse, ma beauté, ma richesse. Je lui dirais : « Aime-moi aujourd'hui et que je meure demain ! »

GÉTA. — Je hais Emilia et j'aime éperdument Emilia. Hier, pendant qu'elle me faisait donner le fouet, ses yeux étaient, sur mes lignes belles et vigoureuses, deux flammes de désir. Je restais immobile, sans cris, dédaigneux des coups et de la souffrance. Je me sentais grand et vainqueur. Même j'étais heureux, parce qu'elle haïssait la force de mon âme.

TYNDARE. — Ton orgueil te fait délirer.

GÉTA. — Non. Je lisais dans son cœur comme dans un livre déroulé.

TYNDARE (*ironique*). — Récite ce que tu lisais.

GÉTA. — « Celui-ci, songeait-elle, est peut-être insensible aux volup-
« tés comme aux douleurs. Le jour où je ne contiendrai plus l'élan qui
« m'emporte vers lui, il repoussera mon baiser et il dira au maître ma
« trahison. Or le maître n'a d'oreilles que pour mes paroles et le
« méchant esclave sera mis en croix. Mais il m'aura privée, hélas !
« de sa force et de sa beauté. »

STALAGMUS. — Tu dis des paroles véritables. Ainsi pensait Emilia.

GÉTA. — S'irritant dans son cœur, tantôt elle mordait ses lèvres, tantôt elle criait. Et ses cris accusaient de paresse le *lorarius*.

TYNDARE (*riant*). — Donc tu lui dois de la reconnaissance pour chaque coup de fouet. Tu portes sur ton dos des marques d'amour dont tu peux être fier.

GÉTA. — Fier et honteux. L'heure viendra où je lui rendrai sa haine et son amour, les voluptés de ma gloire et de mon avilissement.

SOSTRATA. — Par quel moyen?

GÉTA. — Mon impatience est un tigre qui guette. Demain peut-être, Emilia me dira : « Aime-moi ! » Parce qu'elle est la plus belle des femmes, ah ! comme je l'aimerai. Mais, parce qu'elle m'a fait fouetter, au moment où ses yeux seront, sur le rire de sa bouche, deux autres rires, avec quelle joie je l'étranglerai.

SOSTRATA. — Tu veux donc pendre, fruit douloureux, à l'arbre infâme de la croix?

GÉTA. — Que m'importe? J'aurai goûté, en une heure trop pleine, tous les bonheurs. Celle que je hais et que j'aime, celle qui est toute ma pensée déchirée et toute ma vie multiple, sera descendue au royaume de Pluton. J'irai la rejoindre, ivre de volupté comme le plus chancelant des hommes, ivre de vengeance comme le plus implacable des dieux.

STALAGMUS (*resté pensif depuis quelques instants*). — Ce qui fait ma colère depuis que je suis un homme et ce qui fait, depuis que j'ose penser, ma honte, ce n'est pas que je sois esclave, c'est qu'il y ait des esclaves.

SOSTRATA. — Pourtant, lorsque le maître est bon...

STALAGMUS. — Bon ou méchant, par cela seul qu'il est le maître, il mérite la mort.

SOSTRATA. — Non. Si Eudoxe échappait à l'empire d'Emilia ; si, comme autrefois, il nous traitait avec douceur...

GÉTA. — Je ne le haïrais pas moins, puisque je resterais son esclave.

STALAGMUS. — Moi, je me haïrais moi-même, si j'étais un maître.

TYNDARE. — Folie !

STALAGMUS. — L'injustice serait-elle moindre, si je devenais le maître et Eudoxe un de vos compagnons?

TYNDARE. — Moi, je voudrais bien être le maître.

PALINURUS. — Moi aussi.

SOSTRATA. — Et moi !

GÉTA (*bas à Stalagmus*). — Ils sont bien disposés. Et j'en connais d'autres. Si tu veux, nous pouvons organiser une guerre servile.

STALAGMUS (*à voix presque basse*). — Pourquoi faire?... Tu ne les entends donc pas?... Chacun ne rêve que d'être le maître. A quoi bon mettre en haut ce qui est en bas, en bas ce qui est en haut?

AGNÈS (*qui est près d'eux et qui a tout entendu*). — Les superbes seront abaissés, les humbles seront élevés. Mais ce n'est point la guerre qui fera ces choses.

STALAGMUS (*dur et méprisant*). — Tais-toi, chrétienne.

TOUS. — Nous sommes malheureux... Nous sommes malheureux.

DEMI-CHŒUR. — Nul espoir pour nous.

DEMI-CHŒUR. — Espérons pour nos enfants.

TOUS. — Stalagmus, donne-nous, donne-nous de l'espérance.

DEMI-CHŒUR. — Au moins pour nos enfants, donne-nous, donne-nous de l'espérance.

SOSTRATA. — Toi qui sais l'avenir...

TOUS. — Toi qui sais l'avenir...

SOSTRATA. — Dis-nous l'avenir et sa lumière.

TOUS. — Dis-nous l'avenir et sa lumière.

STALAGMUS (*le regard lointain*). — Je ne vois pas de lumière qui dure.

GÉTA. — D'autres jours, tu nous as dit des espérances.

STALAGMUS. — Je ne voyais pas aussi loin qu'aujourd'hui.

TOUS. — Que vois-tu? Que vois-tu?

STALAGMUS. — Non, non, je ne veux pas voir. (*Fermant les yeux et faisant des deux mains le geste qui repousse.*) Je veux échapper à l'horreur de voir.

TOUS. — Si, regarde. Parle.

STALAGMUS (*les yeux fermés*). — Hélas ! Hélas ! malgré mes paupières closes, la vision me poursuit.

SOSTRATA. — Parle, toi à qui un dieu a donné de voir.

STALAGMUS. — Dieu méchant ! Dieu cruel !

SOSTRATA. — Hier encore, tu nous consolais.

STALAGMUS. — Hier, j'étais au milieu de vous comme, parmi les aveugles, un voyant immobile.

TYNDARE. — Que signifient ces paroles?

STALAGMUS. — Je voyais le ciel s'appuyer sur la montagne. C'est pourquoi je disais : « Marchons vers la montagne et vers le ciel. »

TOUS. — Oh ! dis-le encore.

STALAGMUS. — Hélas ! j'ai marché. Ma pensée a monté sur le sommet. Le ciel n'y était pas.

GÉTA. — Je sais. L'horizon et l'espoir reculent à mesure qu'on avance.

AGNÈS. — Ecoutez les chrétiens. Venez avec nous. Nous savons le chemin où le ciel ne recule plus.

SOSTRATA. — Parle donc, ô chrétienne !

PLUSIEURS. — Parle, parle, ô chrétienne !

AGNÈS. — Les hommes sont frères. Dieu — mais il ne s'appelle point Jupiter — est le père de tous. Il aime également ses fils et il les veut égaux. Il ne veut pas qu'il y ait parmi nous des maîtres et des esclaves.

TYNDARE. — Alors, pourquoi y en a-t-il?

AGNÈS. — Parce que nous n'aimons pas Dieu ; parce que nous ne nous aimons pas les uns les autres.

GÉTA. — Mais puisque l'amour est un vase d'or où sifflent les serpents de la haine?...

AGNÈS. — Pas l'amour des chrétiens. Et notre Dieu donnera des joies infinies et éternelles à ceux qui souffrent et qui croient en lui.

PLUSIEURS. — Parle, parle, Agnès.

AGNÈS (*d'un ton plus extatique*). — Mais il livrera à d'éternelles et infinies tortures les méchants et tous ceux qui jouissent dans ce monde.

GÉTA. — Tu vois bien qu'il y a de la haine dans ton amour.

TYNDARE. — Les puissants et les heureux sont les favoris des dieux.

Sinon, d'où viendraient leur puissance et leur bonheur? Et cette chrétienne dit les plus absurdes des folies.

AGNÈS. — Je dis la sagesse. Jésus de Nazareth est venu pour sauver les petits. Son royaume n'était pas de ce monde. Malheur à ceux dont le royaume est de ce monde.

STALAGMUS (*d'une voix dure*). — Tout royaume est de ce monde.

AGNÈS (*à Stalagmus*). — Toi, tu es bon pour tous les autres comme si tu étais chrétien. Mais, avec moi, depuis quelque temps, tu es méchant. Pourquoi?

STALAGMUS. — Parce que ton ventre est plein. Parce que tu portes en toi tout un avenir d'esclavage. Crois-moi. Dès que l'enfant paraîtra à la lumière, étrangle-le de mains pieusement maternelles. Ainsi ton amour lui épargnera, et à beaucoup d'autres, à tous ceux qui couleraient de lui, les douleurs et les hontes de la vie servile.

AGNÈS. — Mon enfant ne sera pas esclave.

SOSTRATA. — Pourquoi?

AGNÈS. — Le couchant est toujours noir de nuit, de nuages et de dieux méchants. Mais l'aube blanchit déjà la pureté de l'Orient. La Bonne Nouvelle de Jésus de Nazareth est une lumière qui monte et qui s'élargit. Bientôt, le soleil brillera pour tous. Bientôt, le monde sera chrétien.

PALINURUS. — Jamais.

STALAGMUS (*le regard lointain*). — Ce que dit la chrétienne, touchant l'avenir, est véritable. Je le vois.

AGNÈS (*joyeuse*). — Alors, tu vois le bonheur inonder la terre comme la clarté nous inonde au milieu du jour.

STALAGMUS. — Attends. Favorise-moi de ton silence. Laisse la brume de lointain se disperser lentement sous mon vouloir ému. Laisse. Je commence à distinguer la vie de ton fils.

AGNÈS. — Elle est heureuse, j'en suis certaine.

STALAGMUS. — Elle est telle que la nôtre. Seule, sa mort est une duperie joyeuse.

AGNÈS. — Comment meurt-il?

STALAGMUS. — Il meurt sur une croix, comme ton Dieu.

AGNÈS (*dans une extase*). — Comme mon Dieu !

STALAGMUS. — Il parle dans l'exaltation de je ne sais quelle ivresse. J'entends quelques-unes de ses paroles de démence : « Ma mort fait mon salut ! Ma mort aide au salut du monde ! »

AGNÈS. — O mon fils, ô glorieux martyr, heureux les flancs qui te portent. Tu avanceras d'une heure le triomphe du Christ. Tu avanceras d'une heure l'affranchissement de tes frères.

STALAGMUS. — Silence... J'aperçois des temps plus éloignés... Etrangetés et prodiges ! Evénements aussi fous que les hommes ! Une croix faite de lumière marche dans le ciel devant l'armée d'un César qui va combattre un autre César.

TYNDARE. — Que dit-il ?

STALAGMUS. — Celui qui suit la croix est victorieux par le signe honteux, et voici que le César se fait chrétien.

AGNÈS. — Gloire à Dieu ! Un César chrétien ! Gloire à Dieu ! Il n'y a plus d'esclaves !

STALAGMUS. — Je vois toujours des têtes qui se courbent sous des mains qui commandent et qui menacent.

AGNÈS. — Tu ne laisses pas le temps d'agir au César chrétien. Regarde un peu plus loin. Il va certainement affranchir ses frères.

STALAGMUS. — Le César chrétien n'affranchit personne. Les enfants des petits-enfants de ton fils restent esclaves.

SOSTRATA. — Les chrétiens parlent souvent contre le meurtre et contre la guerre. Le César chrétien, du moins, fera cesser la guerre.

AGNÈS. — Dans le monde chrétien, il n'y aura plus de soldats. Nul ne tirera le glaive, nul ne périra par le glaive.

STALAGMUS. — Le César chrétien est un grand et cruel guerrier.

AGNÈS. — Si tu dis vrai, tu dis les crimes d'un homme. Mais, après lui, mes frères, j'en suis trop certaine, aboliront guerre et esclavage.

STALAGMUS. — Après lui, je vois les chrétiens s'entretuer.

SOSTRATA. — Pourtant, ils s'aiment entre eux.

STALAGMUS. — Les chrétiens s'aimaient tant qu'ils étaient faibles et persécutés. Dès qu'ils deviennent les maîtres, ils se déchirent à cause de leur Jésus.

AGNÈS. — Tu mens. Jésus est la source d'amour et de paix.

STALAGMUS. — Jésus est longtemps une source d'amour et de paix. Mais je vois peu à peu l'agitation des hommes troubler la fontaine limpide. Voici qu'ils en ont fait une source de haine. Les uns disent le Galiléen presque aussi dieu que Dieu. Les autres le proclament aussi dieu que Dieu. Querelles de paroles obscures et qui se heurtent comme chauves-souris dans les ténèbres. Coups de bâtons. Puis larges et longues guerres.

TYNDARE. — Regarde aussi loin que tu voudras. Il y aura toujours des guerres et il y aura toujours des esclaves.

STALAGMUS (*avec le geste qui impose le silence*). — Je vois un temple étrange. Une architecture de folie dresse de hautes voûtes ruineuses. Pourtant non, elles ne tombent point. Une sorte de cuve somptueuse s'élève plus haut que la tête des gens qui sont là. Un prêtre est dedans, debout et qui parle.

AGNÈS. — Un prêtre chrétien?

STALAGMUS. — Un prêtre chrétien.

AGNÈS. — Que dit-il? Oh! tâche de l'entendre.

STALAGMUS. — Attendez... attendez... A travers les siècles, quelques-unes de ses paroles, il me semble, parviennent assourdies jusqu'à moi. « Mes frères, dit-il, nous célébrons aujourd'hui, dans la résurrection de Jésus, la résurrection de l'humanité. Grâce à notre doux maître, il n'y a plus d'esclaves. »

AGNÈS. — Gloire à Dieu dans les hauteurs des cieux.

STALAGMUS. — Ceci est loin... très, très loin. Pourtant, dans l'assemblée qui écoute, j'aperçois quelques descendants reculés de la chrétienne.

AGNÈS. — Ils sont heureux parmi leurs frères. Ils sont les égaux de leurs frères.

STALAGMUS. — Ils vont grelottant sous des haillons. Mais quelques-uns, parmi leurs frères, ploient sous des vêtements qu'alourdissent l'or et les gemmes. Ils sont maigres, hâves, tremblants de faim autant que de froid. Mais plusieurs, parmi leurs frères, sont malades de trop manger.

AGNÈS. — Tu ne dis pas un monde chrétien.

STALAGMUS. — Je dis un monde qui se proclame chrétien.

AGNÈS. — Alors mes fils vivent librement.

STALAGMUS. — Tes fils sont soumis au collège de prêtres dont le chef parle dans la cuve trop haute.

AGNÈS. — Tu mens. Les prêtres chrétiens sont des libérateurs. Comment auraient-ils des esclaves?

STALAGMUS. — Le chef des prêtres dit: « Vous n'êtes point nos esclaves, car nous avons détruit l'esclavage. Vous appartenez — tels des arbres qu'il serait criminel d'arracher — à la terre qui nous appartient. »

TYNDARE. — L'infâme sophiste!

STALAGMUS. — Ecoute, ô femme... Je vois un cachot... Attends... Mes regards ont peine à pénétrer son obscurité qu'étoile une cire à la lumière flottante. Un de tes fils reculés y est étendu et des prêtres inclinés l'interrogent pendant qu'on le torture.

AGNÈS (*frémissante*). — Quel crime abominable a-t-il commis pour que même les prêtres, ces miséricordieux?...

STALAGMUS. — Il a refusé de s'agenouiller devant un prêtre criminel et puissant au moment où ce prêtre levait la main dans le geste qui veut dire: « Agenouille-toi ».

SOSTRATA. — Regarde plus loin. La liberté et le bonheur sont, sans doute, plus loin.

STALAGMUS. — Plus loin... Au delà de quelques siècles... (*Montrant Agnès d'un doigt méprisant.*) Les fils de ce ventre sont des artisans... Quel étrange chaos, le monde où ils souffrent. Sur un forum, un homme parle. Il crie: « Commémorons, citoyens, la grande et décisive victoire depuis laquelle il n'y a plus d'esclaves des hommes nobles, depuis laquelle il n'y a plus d'esclaves des prêtres. Le peuple, voici cent ans, s'est délivré! »

SOSTRATA. — O joie!... Dis, dis cette époque heureuse.

TOUS. — Dis cette époque heureuse.

STALAGMUS. — Epoque folle! Mes yeux voient. Mes oreilles entendent. Mon esprit refuse de croire. Comment admettre une telle démence des hommes? Et cette démence de machines inconnues semblables, quant à leurs formes gigantesques, quant à la gaucherie grinçante et haletante de leurs mouvements, à je ne sais quelles bêtes monstrueuses !...

PALINURUS. — Que dit-il?

TOUS. — Ecoutons. Ecoutons.

STALAGMUS. — Les artisans ne travaillent plus chez eux ou dans les maisons ordinaires. Ils s'assemblent nombreux dans les étables de ces outils énormes, presque vivants, qui se meuvent presque seuls. Autour des machines fantastiques, les ouvriers guettent anxieusement la minute où il faut y toucher pour régler les besognes. Parfois, d'une révolte sournoise, l'outil saisit l'ouvrier, l'entraîne, le tue. Les grandes bêtes de métal coûtent très cher. Nul artisan ne pourrait les acheter.

PALINURUS. — Impossible cauchemar !

STALAGMUS. — Le maître des outils fait travailler les ouvriers, et il ne les nourrit point. Il leur donne un peu d'argent pour qu'ils ne meurent pas tout à fait.

SOSTRATA. — Et, sans doute, les soldats les ramènent de force, quand ils s'enfuient de chez le maître méchant?

STALAGMUS. — Agnès, j'entends le maître parler à un de tes fils, à un vieillard. « Va-t'en, lui dit-il, va-t'en. » Mais l'ouvrier se jette à genoux : « Tu désires donc que je meure de faim? Aie pitié, sinon de moi, du moins de ma femme et de mes enfants. »

SOSTRATA. — Que répond le maître des outils?

STALAGMUS. — Le maître des outils repousse le vieillard, qui s'en va désespéré. J'entends le fils d'Agnès. Il murmure parmi des sanglots : « Les maîtres d'autrefois nourrissaient leurs esclaves ! » Et [illegible] larmes couvrent ses joues parce que notre sort lui paraît digne d'e[illegible]

AGNÈS. — Ses frères ne l'aiment donc point, ne le secourent donc point?

STALAGMUS. — Je le vois tendre la main aux passants et pleurer pour avoir une obole. Il s'adresse à un prêtre.

AGNÈS. — O joie ! il est sauvé !

STALAGMUS. — Le prêtre auquel il s'adresse appelle un licteur qui entraîne ton fils vers la prison.

AGNÈS. — Comment te croirais-je? Tu inventes des temps impossibles. Jamais on ne mettra en prison un malheureux parce qu'il invoque la pitié de ses frères.

SOSTRATA (*à Stalagmus*). — Regarde au delà de ce monde horrible. C'est une nécessité que la lumière succède enfin à la nuit. Regarde jusqu'à ce que tu aperçoives l'aurore de la liberté.

STALAGMUS. — Plusieurs fois, j'ai cru apercevoir l'aurore. Toujours ses lueurs étaient plus sanglantes qu'un crépuscule sur une mer qui attend l'orage. Et elles s'éteignaient promptement... Voici de nouveau du sang... oh ! que de sang !... et des cris de douleur, et des cris de rage, et des cris de triomphe, et des cris de joie, et de grandes acclamations : « Nous sommes libres ! nous sommes libres !... » Coule vite, fleuve de sang ; et toi, buée obscure qui t'élèves sur son passage, disperse-toi. Mes yeux veulent voir si, derrière vous, la terre, enfin, sera féconde.

*Long silence.*

*Stalagmus se laisse tomber sur un escabeau et plonge sa tête dans ses mains. Des sanglots le secouent.*

SOSTRATA. — Tu pleures?

PALINURUS. — Qu'as-tu pu voir de plus affreux?

TOUS. — Qu'as-tu vu? Qu'as-tu vu?

STALAGMUS (*se relevant*). — Hélas ! hélas ! mille fois hélas ! On dit encore — combien durera ce mensonge? — que maintenant tous les hommes sont libres. Mais les fils de ton ventre, ô femme, sont toujours esclaves. Et voici comment les écrase le chaos nouveau et voici de quel métal plus lourd sont faites leurs chaînes...

## SCENE II

### Les Esclaves, Eudoxe

*Au moment où Stalagmus disait : « Hélas ! hélas ! », Eudoxe est entré. Il a fait signe aux autres esclaves de ne pas remuer et de garder le silence.*

*Eudoxe met la main sur l'épaule de Stalagmus. Tous les esclaves se lèvent en signe de respect.*

*Stalagmus se retourne, voit le jeune visage mou et sournois. Une haine implacable brille dans les yeux du vieil esclave.*

Eudoxe. — Calme-toi, bon vieillard, et ne plains le sort de personne. Ou, si tu le préfères, plains la destinée de tous les mortels. Tous sont esclaves

Sostrata. — Les maîtres...

Eudoxe. — Il n'y a de maîtres que les dieux, s'il existe des dieux... Seuls, ils sont affranchis des vraies et profondes servitudes : la maladie, la mort, la peur. Souviens-toi, Sostrata. Cette nuit, je me suis cru malade. L'obscurité m'a terrifié. Il m'a semblé que j'allais mourir. J'ai appelé, j'ai crié : « Des flambeaux ! qu'on apporte des flambeaux ! » Vous êtes venus nombreux, des lumières dans vos mains. Mais j'ai eu peur des lueurs qui avancent et des ombres qui reculent, j'ai eu peur du flottement large des ombres et du frémissement inquiet des lueurs. Je suis esclave de la crainte. Je suis esclave de la maladie. Je suis esclave, hélas ! de la mort implacable.

Stalagmus. — Tu n'es esclave que de ta lâcheté.

EUDOXE (*feignant de ne pas entendre*). — Emilia me vole le bien auquel je tiens par-dessus tous les autres. Non seulement à des hommes libres, mais encore, sans doute, à quelques-uns d'entre vous, elle donne une part de ces baisers qu'elle me doit tous. Pauvre esclave de Cupidon, j'ai besoin de plus en plus servilement de son baiser sali.

AGNÈS (*faisant un pas vers Eudoxe*). — Crois à Jésus de Nazareth. Crois au Libérateur qui brise toutes les chaînes. Il calme les passions, il guérit les fièvres, il dissipe les terreurs et les ténèbres, il brise l'aiguillon de la mort.

EUDOXE. — J'ai étudié la doctrine de Jésus de Nazareth. Car je suis curieux des doctrines. Mais mon ennui, qui a soif de toutes les initiations, ne se satisfait à aucune.

AGNÈS. — La doctrine de Jésus de Nazareth ne ressemble pas aux autres doctrines. Elle est la source d'eau vive...

EUDOXE (*haussant les épaules*). — Ton Jésus de Nazareth fut, plus que moi, esclave de Cupidon.

AGNÈS. — Folie et blasphème !

EUDOXE. — Il aima tous les hommes — quel amour absurde et sans beauté ! — jusqu'à mourir pour eux. C'est du moins ce que racontent tes frères.

AGNÈS. — C'est la vérité... Comprends donc...

EUDOXE. — Et ceux qui confessent le Galiléen meurent pour le glorifier. Je ne mourrais certes pas pour la gloire d'Emilia. Je suis moins esclave qu'un chrétien.

AGNÈS. — Où trouver la liberté, sinon dans les noblesses de l'amour?

EUDOXE (*à Stalagmus*). — Toi, console-toi, si tu n'échappes pas à un joug qui pèse sur tous les hommes.

STALAGMUS. — Il y a des esclaves que je plains. Mais tu es l'esclave volontaire que je méprise. Comparé à toi, ah ! comme je me sens libre.

EUDOXE (*souriant*). — Pauvre esprit sans équilibre et qui vas d'un extrême à l'autre ! Dès que le maître bienveillant s'avoue ton égal, voilà que tu te prétends supérieur à lui !

STALAGMUS. — Emilia m'est indifférente.

EUDOXE. — Je crois bien ! A ton âge !...

STALAGMUS. — Je ne crains ni la souffrance ni la mort. Du haut de mon courage, je méprise Eudoxe, esclave des plus basses passions, esclave de la peur et de la mort.

EUDOXE. — Ma bonté est vaste. Pourtant, tu viens de dépasser ses frontières. (*A Palinurus.*) Va chercher le *lorarius* : le fouet abaissera la superbe de cet insolent.

*Palinurus fait un pas vers la porte. Géta le retient par le bras.*

GÉTA. — Serais-tu assez lâche?...

PALINURUS. — J'aime mieux les coups de fouet sur son dos que sur le mien.

GÉTA. — Essaie de m'échapper et mon poing t'assommera.

STALAGMUS (*à Eudoxe*). — Comment des coups de fouet m'empêcheraient-ils de te mépriser et de te haïr? Mais, parmi ceux-ci, plusieurs ne comprennent que les faits matériels. Le spectacle serait laid pour leurs yeux pauvres, avilissant pour leur cœur semblable au tien. Ces coups ne diminueraient point ma liberté intérieure. Sur quelques aveugles qui croiraient voir, ils alourdiraient des chaînes déjà trop pesantes. Je n'ai pas la naïveté d'enseigner au vulgaire — maîtres ou esclaves — les noblesses immobiles qui dressent un Olympe dans mon âme. Voici, peut-être, une leçon à leur portée.

*Brusquement, Stalagmus saisit Eudoxe par le cou et l'étrangle. Géta, Palinurus, que Géta tient toujours par le bras, et Agnès regardent avec des expressions diverses. Les autres esclaves s'enfuient par toutes les portes.*

## SCENE III

STALAGMUS, GÉTA, PALINURUS, AGNÈS, EUDOXE *mort*

*Stalagmus, qui s'est penché pour suivre dans sa chute le corps d'Eudoxe, se relève en s'essuyant le front.*

AGNÈS. — Il est écrit : « Tu ne tueras point ! »

STALAGMUS. — Le maître vole à l'esclave ce qui seul donne à la vie une valeur. Même tué, le maître reste le vrai meurtrier. Ma révolte est fille de ma servitude et la mort d'Eudoxe est l'œuvre d'Eudoxe.

AGNÈS. — Le repentir lave les crimes. Repens-toi.

STALAGMUS. — Le maître reste toujours l'agresseur. Quelque mal qu'il lui rende, l'esclave est toujours un juge trop indulgent. Tous les crimes de tyrannie ou de servitude sont l'œuvre du maître, et l'esclave ne peut jamais être criminel contre lui.

AGNÈS. — Tu ne veux pas te repentir !

STALAGMUS. — Quand je me repentirais, puis-je rendre la vie à celui qui est mort?... (*Il regarde fixement Agnès.*) Et toi, te repens-tu?

AGNÈS. — De quoi? Mes mains sont pures.

STALAGMUS. — Repens-toi, ô femme. Ecrase le germe que tu portes en toi et d'où sortiront, si tu ne t'y opposes, tant de générations d'esclaves lâches ou meurtriers. Détruis d'un seul coup les horribles vies que j'ai vues tout à l'heure.

AGNÈS (*s'enfuyant, les mains sur son ventre*). — O criminel, ô conseilleur de crimes !

STALAGMUS (*la retenant*). — Sais-tu si ce ne sont pas tes fils futurs et leurs maux et leurs rancœurs qui, tout à l'heure, un instant, ont vécu en moi, ont serré mes mains justicières autour du misérable cou?...

*Il la laisse aller. Elle fuit comme folle.*

*Palinurus, que Géta ne retient plus, s'enfuit par une autre porte.*

## SCENE IV

STALAGMUS, GÉTA

*Stalagmus s'est assis, tête basse. Il semble plongé dans de profondes réflexions. Géta le regarde.*

STALAGMUS. — Je ne sais plus... Ai-je obéi à la colère?... Ai-je obéi à la justice?... Mon geste exprime-il le sentiment superficiel d'une minute ou la pensée profonde de toujours?

GÉTA. — De quoi te mets-tu en peine? De toute façon, ton geste est beau, juste et utile.

STALAGMUS (*haussant les épaules*). — Utile?

GÉTA. — Par Hercule, un geste de révolte l'est toujours : il nie le mensonge qui crée maîtres et esclaves ; il affirme la vérité et réalise l'homme.

STALAGMUS (*hochant la tête*). — La libération intérieure suffit peut-être à ce que tu dis. Et ce que j'ai fait, même si des myriades d'esclaves l'imitaient, nous rapprocherait-il de la justice extérieure? (*Se levant et faisant un pas vers une porte de côté.*) Non. Puisque les âmes des esclaves ne valent pas mieux que celles des maîtres.

GÉTA. — Où vas-tu? Fuis-tu vers la mort pour échapper à la lenteur des supplices? Vas-tu te livrer au magistrat et, du haut de la croix, insulter par ton courage à la lâcheté des maîtres? Ou plutôt veux-tu que je t'aide à gagner la forêt prochaine?

STALAGMUS. — Ni ceci, ni cela, ni ce troisième parti n'est en harmonie avec ce que j'ai fait.

GÉTA. — Alors?

STALAGMUS. — Je vais tuer le magistrat, créature, soutien et complice des maîtres.

GÉTA. — J'applaudis à ce projet pour sa justice et pour son utilité.

STALAGMUS. — Les gestes les plus justes sont peut-être les plus inutiles.

GÉTA. — Je ne comprends pas.

STALAGMUS. — Un autre remplacera celui que j'aurai tué.

GÉTA. — Quand je t'écoute, je me demande pourquoi tu agis.

STALAGMUS. — J'ai commencé d'agir. Je dois continuer. Mais quiconque entre dans l'action juste est promis à la défaite et à la mort.

GÉTA. — Oui, ils se jetteront sur toi, lâches et nombreux, meute de chiens contre le sanglier acculé. Bientôt des chaînes lourdes immobiliseront tes mains. Alors tu ne seras plus libre.

STALAGMUS. — La vraie liberté n'est pas dans les mains, mais dans l'esprit.

GÉTA. — Pourquoi donc frappes-tu de tes mains?

STALAGMUS. — Mon âme s'exprime par les moyens qu'elle a. Privée d'instruments, nul n'entendra plus son langage. En quoi ma pensée en serait-elle changée?

GÉTA. — Tu m'étonnes.

STALAGMUS. — J'ai commencé une phrase que je dois continuer. Mon premier geste est, sur une pente, un commencement de course qui entraîne la descente jusqu'au bas ou jusqu'à l'obstacle. Mes mains ne se renieront pas en cessant, avant qu'on les réduise à l'impuissance, d'exécuter les condamnations prononcées par mon esprit. Mais peut-être je regrette d'avoir obéi une première fois à mes mains.

GÉTA. — Ton geste est d'un jeune homme ; tes paroles sont d'un vieillard. Pour que je n'entende plus tes paroles, je fuis avec, dans mes yeux, l'encouragement de ton geste. (*Il s'incline, prend la main de Stalagmus, la porte à ses lèvres.*) Adieu, marche à ton noble destin. (*Il fait un pas vers une autre porte.*) Moi, je vais à mon sort passionné.

Je cours, dans le tumulte de cette heure, posséder Emilia et la tuer... Après ces deux joies ivres, qu'on fasse de moi ce qu'on voudra.

*Stalagmus et Géta sortent par les deux portes de côté, tandis que des soldats entrent par la porte du fond et que le rideau tombe.*

HAN RYNER.

Imprimerie de l'*Idée Libre*, Conflans-Honorine (Seine-et-Oise).

www.ingramcontent.com/pod-product-compliance
Ingram Content Group UK Ltd.
Pitfield, Milton Keynes, MK11 3LW, UK
UKHW020233180726
13838UKWH00005B/2360

9 782329 083216